ONNIER

DES GRACES,

CHOIX

De romances nouvelles et chansons
nationales.

Avec Vignettes.

AVIGNON,

PEYRI, Imprimeur Libraire.

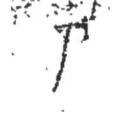

CHANSONNIER
DES GRACES,

CHOIX

De Romances nouvelles et Chanson
nationales.

Avec Vignettes.

AVIGNON,

PEYRI , Imprim.-Libraire.

1851.

LE SERMENT DEVANT DIEU.

Adieu Paris, adieu,
Adieu cité, reine des villes,
Je fuis tes places vides
Où l'on pourrait renier Dieu.
Mais toi, faut-il pauvre Marie,
Que je te laisse au moment d'être à toi,
Dans ce Paris, où tout s'oublie,
Marie, au soldat garderas tu ta foi !

Va, pars sans crainte, en te disant adieu
Je fais serment de te garder toute mon
    ame.

Quoiqu'il arrive, va, je serai ta femme,
Je t'en fais serment aujourd'hui devant
Dieu.

Longtemps après, dit-on,
Pauvre soldat rentra blessé dans son
village ;
Pour tout objet d'outrage,
Le malheureux était privé de la raison.
Mais une femme jeune et belle
S'élance en pleurs, au milieu des soldats;
André, André, c'est moi, dit-elle,
André, mais André ne la reconnaît pas.

Pauvre insensé, quand je t'ai dit adieu,
J'ai fait serment de te garder toute mon
ame.
De ton malheur, ma part je la réclame,
Ne suis-je pas ta femme aujourd'hui de-
vant Dieu.

Sublime dévoûment
Je conduis le pauvre fou dans sa chau-
mière ;
Hélas comme une mère
Elle veillait toujours à son serment.

Mais un beau jour à la chapelle
Où tout est prêt pour leur pieux hymen
Elle conduit, ange fidèle,
André qui sourit et la tient par la main.

Mais ô miracle en voyant le saint lieu,
Les chants du ciel ont éveillé toute son
    ame,
Et toi Marie, noble et sainte femme
Ah ! tu m'as donc gardé ton serment de-
    vant Dieu.

―――――――――――

L'AIR PAGÈRE.

Approchez-vous, la belle enfant,
Vous qu'on dit herbagère,
Dans la forêt mes gardes à l'instant
Vous ont pris, ô ma chère ;
Est-il bien vrai qu'avec cet air si doux
Et cette mine aussi gentille,
Est-il bien vrai que dans votre courroux
Vous les ayez battus, ma fille !

Oh dites ! oh dites-nous, pourquoi
Battez-vous donc les gens du roi.

Mon bon Seigneur, je m'en allai tout droit
Coupant de la bruyère
Mon bon seigneur c'est qu'il fesait bien froid
Et c'était popr ma mère ;
Sur mon chemin se trouve par malheur
Une pauvre branche de frêne
Moi je la coupe, alors que de rigeur
On m'arrête, on m'entraîne.
 Et pourtant ce ne fut pas moi
Moi qui battis les gens du roi. bis.

Ma bonne mère alors entend mes cris,
Elle accourt, elle impolre,
Et les cruels, l'injuriaient de mépris
Ils l'accablent encore ;
Elle pleurait en me tendant les bras,
Et malgré sa douleur amère
Ils la repoussent, hélas !
Et moi je vois tomber ma mère.
 Oh ! pour cette fois, ce fut moi
Moi qui battis les gens du roi.

J'entends fort bien; j'entends votre raison.
Mais savez vous la belle
Que l'on mérite d'aller en prison,
Lorsque l'on est rebelle,

Mais calmez-vous, ealmez tant de dou-
    leurs
Aujourd'hui le roi vous pardonne,
De votre mére allez sécher les pleurs.
En lui portant l'or qu'il vous doune.

   Mais un autre fois, croyez-moi
Ne battez plus les gens du roi
Car il vaudrait mieux sur ma foi
Il vaudrait mieux battre le roi.   bis.

LE MARIN FIDELE.

J'avais quinze ans, dans la belle marine,
    Je m'enrolai !
Avec douleur je quittai ma chaumine
    Et mon objet.
Trop jeune, hélas ! pour en faire ma
    compagne,
    Je lui disais,
Espère, espère, mon Irma, ma Bretagne,
    Je reviendrai,
    Oui, je reviendrai....

Au sein des mers, j'ai bravé la tempête,
    En vrai soldat,

Jamais le bronze ne fit courber ma tête,
Dans un combat.
En cotoyant les frontières d'Espagne,
J'ai frédonné :
Espère, espère, etc.

J'ai parcouru l'Afrique et l'Amérique,
Nulle beauté,
Sut me charmer, même à la Martinique,
J'ai voyagé.
Quoique sur mer fut longüe ma campagne,
Je me disais :
Espère, espère, etc.

Après sept ans, je revis donc la France,
Jour de bonheur.
De mon courage ce signe de vaillance,
Brille sur mon cœur.
En arrivant, du haut de la montagne,
Je me disais ;
Je je revois, mon Irma, ma Bretagne,
C'est pour jamais ,
Oui , c'est pour jamais.

BEAU NUAGE.

ROMANCE.

Quel oiseau te dépasse,
Vapeur, que rien ne lasse,
Quand tu fuis dans l'espace
Mon front devient rêveur.
Quand l'aurore se lève,
Je cherche dans mon rêve
Le village, la grève,
Où m'attend le bonheur.

Refrain.

D'où viens-tu, beau nuage,
Emporté par le vent,
Viens-tu de cette plage,
Que je pleure souvent.   bis.

As-tu vu ma compagne,
As-tu vu la montagne,
Notre ciel de Bretagne,
Notre ciel étoité ;
As-tu vu le Calvaire,
Où chaque soir ma mère
Va dire une prière
Pour le pauvre exilé.

D'où viens-tu, etc.

Là-bas, près de l'église,
Dis-moi si ma Louise,
Dont la main m'est promise,
Me garde encor sa foi.
Oui, Louise est fidèle,
Là-bas sa voix m'appelle,
Comme j'attends loin d'elle,
Elle attend loin de moi.

Par pitié, beau nuage,
Sur les ailes du vent,
Porte-moi dans la plage,
Que je pleure souvent.   bis.

LA SAVOYARDE.

Le ciel est sur la terre
En savoyard dispos,
Je quitte ma chaumière
Et je prends mes sabots,
La gaîté m'accompagne
Mais sans autre compagne
Je descends de la montagne,
Mon orgue sur mon dos.
    Tra, tra, etc.

Quand le soleil dans l'ombre
A caché ses rayons,
Et moi, dans la nuit sombre,
Je vendis des chansons.
Malgré la canonnade ,
Jouer la sérénade
Dessus les promenades,
Au-dessous du balcon.
   Tra, tra, etc.

Je vogue vers la France
Embrasser ses autans ;
Oh ! ma belle Provence
Qui reçois tous les ans ,
En lui demandant grâce ,
Partout je trouve place ;
Je me mets sur la glace ,
Je chante la printemps.
   Tra, tra, etc.

Quand la neige est fondue ,
Au pays je me rends ,
Français , je vous salue ,
Au pays l'on m'attend.
Quand j'aurai vu ma mère,
Dans sa pauvre chaumière ,

Soulager sa misère,
Je retourne en chantant.
Tra, tra, etc.

AIR DE LA SIRÈNE.

O Dieu des flibustiers,
Dieu de la contrebande.
Que ta main nous défende
De nos tyrans altiers !
Magistrat et greffier,
Chacun nous réprimande,
Et prétend châtier
Notre noble métier ;
Lorsque la contrebande
Parcourt le monde entier.
O dieu des flibustiers,
Dieu de la contrebande
Que ta main nous défende
De ces tyrans altiers !
Dieu des bons tours, viens et défends
Et les amis et tes enfans !

LE LION DU DÉSERT.

Indocile au fardeau des viles servitudes,
Pour vivre en maître, ici j'accourus à
    vingt ans,
J'ai soumis à mes lois ces vastes soli-
    tudes ,
Et mon nom, mon nom seul fait pâlir les
    sultans.

Refrain.

Mais pourquoi trembles-tu, jeune et belle
    amoureuse
Je l'aime , et devant toi mon pouvoir je
    le perds.

Sache que d'un regard la colombe peu-
    reuse
Fait couche à ses pieds le lion du désert. u

Quand le vent du simoun sur nous souffle
    avec rage,
Devant lui vous tremblez et vous courbez
    le front,
Moi je suis plus hardi, je tiens tête à
    l'orage,
Et l'orage dompté devant moi s'inter-
    rompt.   bis.
    Mais pourquoi, etc.

Je sème la terreur parmi les caravanes,
Le feu seul! de mes yeux brûle comme un
    soleil
Et même quand je dors à l'ombre des
    platanes,
Les tigres affamés ont peur de mon som-
    meil.   bis.
    Mais pourquoi, etc.

LA BACCHANAL.

Ronde chant'e dans le Juif-Errant.

Gais enfants du carnaval
Que l' plaisir entraîne,
Au nom de votre souveraine
   La rein' Bacchanal ;
Dans les flots du vin vieux
   Noyons la paresse,
   Viv' la joie et l'ivresse,
Seul plaisir des dieux.

Refrain.

Que tout le monde soit en goguette.
Et que tout Paris répète :
     Crac !
  Bacchanal, Bacchanal,
C'est le r'frain du carnaval ,
  Bacchanal , Bacchanal !
    Viv' la Bacchanal !

Dans le salon, dans l'atelier,
   Et dans la boutique ,

On ne fait que de la politique :
  Quel vilain métier ?
Évitons, entre nous,
  Tous ces bavardages ;
Aujourd'hui les plus sages,
  Ce sont les plus fous.
  Que tout l' mond', etc.

La vie est un carnaval
  Où tout est folie;
Rien n'est vrai, sinon l'orgie,
  L'amour est un bal.
Pour la reine Bacchanal,
  Chicards et pierrettes,
Débardeurs et grisettes,
  Galop infernal !

Que tout l' monde soit en goguette
Et que tout Paris répète :
    Crac !
  Bacchanal, Bacchanal,
C'est le refrain du carnaval
  Bacchanal, Bacchanal,
    Viv' la Bacchanal !

LES CENT LOUIS D'OR.

Un soir le long de la rivière
A l'ombre de noirs peupliers ,
Près du moulin de la meunière
Passait un homme de six pieds.
Il avait la moustache grise ;
Le chapeau rond, le manteau bleu ;
Dans ces cheveux soufflait la bise :
C'était le diable ou le bon Dieu.
Sa voix qui sonnait comme un cuivre,
Et qui rendait le son du cor .
Me dit : au bois il faut me suivre,
Je te promets cent louis d'or.

Je le suivis sans résistance ,
Par son œil rouge ensorcelé ;
Il m'aurait montré la potence ,
Que je n'aurais pas reculé ;
Il marchait plus vite qu'un lièvre,
Et n'avait pas l'air de courir ;
La frayeur me donnait la fièvre,
Je sentais que j'allais mourir.
Mais, lui, pour me faire revivre,

Me dit, rendant le son du cor :
Au fond du bois il faut me suivre,
Je te promets cent louis d'or.

Au fond du bois nous arrivâmes,
Il fesait nuit, les arbres verts
Jetaient dans l'air de vertes flammes,
Je croyais entrer dans les enfers.
Soudain un éclair effroyable
Défigura mon inconnu ;
Oh ! là je reconnus le diable,
A sa queue et son front cornu ;
Il me fit voir ouvert un livre
Ou rien n'était écrit encor ;
Et me dit de sa voix de cuivre :
Veux-tu gagner cent louis d'or ?

Jure ton sang, jure ton ame,
Jure le diable et jure Dieu,
Que tu n'épouseras pas femme,
Ni du hameau ni d'autre lieu,
Au moins avant la quarantaine,
Et qu'on te verra tous les jours
Courir de frédaines en frédaines,
Sans te fixer dans tes amours.
Quand sa griffe eut rougi le livre,

Sa voix résonna comme un cor,
Il me dit : signe et je te livre,
En or sonnant, cent louis d'or.

Au lieu de signer sur la page
Où le diable avait mis ses doigts,
Je songeai qu'il était plus sage
De faire un grand signe de croix.
Le diable parut en fumée,
Et je fus transporté soudain
Chez ma meunière bien aimée,
Dans une chambre du moulin.
Elle me disait : tiens, je te livre
Mon cœur, mon moulin, mon trésor,
Elle avait en gros sous de cuivre
La belle avait cent louis d'or.

L'ITALIENNE.

Tes cheveux, ô jeune fille,
Qui tombent sur ta mantille,
Ton sourire gracieux,
Tout en toi ravit mes yeux.
Refr. Viens, suis-moi, jeune Italienne.
Toi qui dis belle la reine ;

Veux-tu qu'à toi j'appartienne,
Tu me rendras tout espoir.
Je soupire quand j'admire
Tes plus gracieux sourires ;
Dans le monde, douce blonde,
Tu seras belle ee soir.

Ton petit pied, ma bergère,
Qui va fouler la fougère,
Aurait charmé notre roi,
S'il eût été près de toi.
Laisse-là ta mandoline
Et désertons la colline ;
Je suis un riche vénitien ,
Toi seule aura tout mon bien.

Pour moi quitte ta chaumière,
Crois-moi je serai sincère ,
Je t'aimerai de tout mon cœur
Et tu feras tout mon bonheur.

Non, j'ai promis dans la vie,
L'or ne me fait point envie,
Mon amant sert la patrie
Et je ne perds pas espoir ;
Au délire je soupire ,

lui seul est maître de dire
Dans le monde douce blonde
Belle tu seras ce soir.

NINA LA CHEVRIÈRE.

A travers champs, courant vive et follette;
S'arrêtant pour cueillir une fleur,
Voyez là bas cette jeune brunette,
A l'œil si doux, au sourire enchanteur,
Entendez-la de sa voix de fauvette,
Au tendre écho confier son bonheur.

Refrain.

Je suis, je suis Nina la chevrière,
Dieu m'a donné plus d'un trésor,
C'est ma gaîté, les baisers de ma mère,
Ma chèvre et ma croix d'or.

On dit qu'un jour le seigneur du village
En la voyant admira sa beauté,
Son pied mignon et son divin corsage,
Sa main blanchette, et lui dit transporté
Veux-tu de l'or, un brillant équipage,
Nina lui dit avec simplicité :

Je suis Nina la chevrière,
Je ne veux pas d'autres trésors ;
J'ai ma vertu, les baisers de ma mère,
Ma chèvre et ma croix d'or.　　　　　bis.

Un an plus tard, sur la verte pelouse
Chacun dansait au son du chalumeau,
Car le Seigneur avait pris pour épouse
Nina la brune et l'orgueil du hameau :
De son bonheur bien loin d'être jalouse.

Disait Nina, gentille chevrière
Puisses-tu longtemps vivre encore
Sans regretter le baiser de ta mère
Ta chèvre et ta croix d'or.　　　　　bis.

SIGNAL D'ORAGE.

L'onde s'agite écumante et houleuse
Crois-moi pécheur, garde toi de partir ;
Par un gros temps, la pêche est dange-
　　reuse ,
L'Océan gronde et pourrait t'engloutir.

Refrain.

Oh ! crois ma voix fidèle, rentre tes filets
Laisse sans regret dormir ta nacelle ,
N'entends-tu pas la mouetto crier,
Signal d'orage, signal d'orage ,
Effroi du nautonnier , etc.

Ce n'est pas pour moi enfin qui te conjure;
Si mes accents ne peuvent te toucher,
Ecoute au moins la voix de la nature ,
Conserve un fils aux pleurs d'un vieux
    nocher.   bis.
        Oh ! crois, etc.

Il est sorti, mais quel sombre nuage ,
Qui s'abaissait lentement sur les flots,
Oh ! fier pêcheur, qu'importe ton courage
L'ange des mers a murmuré ces mots.
        Oh ! crois, etc.

LA MANOLA.

De l'Aragon, de la Castille,
Toi que l'on dit la plus gentille ,

Accours vers nous sous ta mantille,
Pourquoi tarder, ô Jonata,
N'entends-tu pas la farandolle
Les vives danses espagnoles
De Manola la jeune et folle
Au loin chantant, dansant déjà.

Refrain.

Allons ma belle, allons ma reine,
Vite au Prado, chacun est là,
Prêt à fêter la souveraine
De la jéta Aragonésa,
Ha, ha, ha, ha, prêt à fêter la souveraine,
Ha, ha, ha, ha, de la géta Aragonésa.

Ne sais-tu pas que la murcie,
Que Grenade l'Andalousie,
Ont envoyé la plus gentille
Des Manolas pour la jéta ;
Allons enfants, la nuit nous gagne,
Déjà mon dru est en campagne,
Pour voir danser la fleur d'Espagne,
Qui ne vaut pas la Jonata.
Allons, ma belle, etc.

Mais tout s'éteint dans ta demeure,
La brise souffle, arrive et pleure,

Sous les grands arbres qu'elle effleure.
Tout en silence et je suis là,
Quand une voix douce et gentille,
Sortit du fond de la charmille,
Soudain para la jeune fille
Qui ne veut pas la Jonata,
Puis au Prado chacun l'entraîne,
Et Jonata la Manola,
Comme toujours restera reine
De la Jéta Aragonésa
Ha, ha, ha, ha, prêt à fêter la souveraine,
Ha, ha, ha, ha, de la Jéta Aragonésa.

LE REVE D'UNE GRISETTE.

A ce caquet, ma Clarisse, fais trève,
Sur mon honneur vraiment c'est par trop
    fort
Oh ! de bon cœur, oui, je ris de ton rêve,
Qui te donnait des titres et de l'or.
Quoi, des laquais, pour servir ta personne,
Quoi, des laquais, des châteaux, des bi-
    joux,
En attendant qu'on te fasse baronne.
Va me chercher du tabac pour deux sous.

Tu souriais quand près de ta voiture
Caracolait un jeune adorateur ,
Aux noirs cheveux , à la noble tournure,
Et qu'il jurait de faire ton bonheur.
Aimer toujours, dit-il, est ma devise,
Dites un mot, je deviens votre époux ;
En attendant qu'un marquis te courtise,
   Va me chercher, etc.

De l'opéra la musique enivrante
Venait charmer ton esprit et ton cœur;
On admirait cette taille avenante ,
Puis on vantait tes attraits, ta blancheur;
Les amoureux séduits par ton sourire
Rampaient sans cesse , étaient à tes ge-
     noux ;
En attendant qu'ici bas l'on t'admire,
   Va me chercher, etc.

Et puis sablant le Bordeaux, le champagne,
En cabinet te voyant chez Véfour,
Prenant alors la gaîté pour compagne
Reine en tous lieux on te fesait la cour.
Aux malheureux tu donnais, ma Clarisse,
De tous côtés tu faisais des jaloux,
En attendant qu'un pauvre te bénisse
   Va me chercher, etc.

Pourtant ton cœur ne changeait pas, ma
    belle,
Et seul j'avais des droits à ton amour
Dans ton palais au pied de la tourelle,
Tu soupirais, désirant mon retour,
Tu redisais cette chanson nouvelle
Qu'en amusant j'avais faite sur nous ;
En attendant que tu me sois fidèle,
    Va chercher , etc.

Mais, c'est assez, cesse ton bavardage,
Car de fumer je me sens le besoin ,
Rêve un peu moins , soigne mieux ton
    ménage
Et de ma pipe, oh ! surtout prend bien
    soin !
Contente toi de ce que Dieu te donne,
Car le bonheur n'est pas dans les bijoux,
En attendant que je m'offre une bonne,
Va me chercher du tabac pour deux sous.

VENISE.

Chantons Venise
Au ciel si doux
Il favorise
Nos rendez-vous.

Dans l'allégresse
Passons nos jours
Avec tendresse
Aimons toujours.

Belles venez dans nos gondoles,
Respirer la brise du soir,
Vous apprendrez nos barcaroles,
Joyeux chants d'amour et d'espoir.
    Chantons Venise, etc.

Mille feux éclairent la plage;
Dans le silence de la nuit,
Gondoliers, quittons le rivage,
C'est le destin qui nous conduit.
    Chantons Venise, etc.

Quel heureux songe que la vie !
L'amour fait battre notre cœur :
Savoir consoler une amie
Voilà le secret du bonheur.
    Chantons Venise, etc.

Quand la volupté nous invite,
Vidons la coupe de plaisir :
L'âge des amours passe vite,
En ne laissant qu'un souvenir.
    Chantons Venise, etc.

LA PETITE SAVOYARDE.

Je suis de la Savoie,
Une bien pauvre enfant ;
Où le bon Dieu m'envoie,
Je vais toujours chantant ;
Je chante, la misère
Me l'ordonne, et demain ,

3

Demain ma vieille mère
Sans moi mourrait de faim !

A la Vierge Marie,
J'abandonne mon cœur,
Et puis je chante et prie;
Et je crois au bonheur !
O vous que la richesse
Fait briller ici bas,
Donnez, dans ma détresse :
Ne m'abandonnez pas.
 Je suis ,

Tout enfant, la souffrance
Déjà creuse mes yeux,
Laissez-moi l'espérance
De jours plus radieux !
Je suis si jeune encore,
Que je ne puis mourir :
Voyez, je vous implore ,
Laissez-vous attendrir !
 Je suis , etc.

Si ma voix suppliante,
Ne vas pas jusqu'a vous,
De ma vieille qui chante
Ecoutez l'air si doux !

Donnez à la chanteuse,
Sa mère alors vivra ;
Je serai bienheureuse.
Et Dieu vous le rendra.
Je suis , etc.

CE N'EST PLUS LISETTE.

Air : *Eh ! non, non , non, vous n'êtes*
pas Ninette,

Quoi ! Lisette , est-ce vous ?
Vous, en riche toilette !
Vous; avec des bijoux !
Vous, avec une aigrette !
Eh ! non, non, non.
Vous n'êtes plus Lisette.
Eh ! non, non, non,
Ne portez plus ce nom.

Vos pieds dans le satin
N'osent fouler l'herbette.
Des fleurs de votre teint
Où faites-vous emplette ?
Eh ! non, non, non,

Vous n'êtes plus Lisette.
Eh ! non, non. non,
Ne portez plus ce nom.

Dans un lieu décoré
De tout ce qui s'achète,
L'opulence a doré
Jusqu'à votre couchette.
Eh ! non, non, non,
Vous n'êtes plus Lisette.
Eh ! non, non, non,
Ne portez plus ce nom.

Votre bouche sourit
D'une façon discrète :
Vous montrez de l'esprit,
Du moins on le répète.
Eh ! non, non, non,
Vous n'êtes plus Lisette.
Eh ! non, non, non,
Ne portez plus ce nom.

Comme ils sont loin ces jours
Où, dans votre chambrette,
La reine des amours
N'était qu'une grisette !
Eh ! non, non, non,

Vous n'êtes plus Lisette.
    Eh ! non, non, non,
Ne portez plus ce nom.

Quand d'un cœur amoureux
Vous prisiez la conquête,
Vous faisiez dix heureux,
Et n'étiez pas coquette.
    Eh ! non, non, non,
Vous n'êtes plus Lisette.
    Eh ! non, non, non,
Ne portez plus ce nom.

Maîtresse d'un seigneur
Qui paya sa défaite,
De l'ombre du bonheur
Vous êtes satisfaite.
    Eh ! non, non, non,
Vous n'êtes plus Lisette.
    Eh ! non, non, non,
Ne portez plus ce nom.

Si l'amour est un Dieu,
C'est près d'une fillette.
Adieu, madame, adieu :
En duchesse on vous traite.

Eh ! non, non, non,
Vous n'êtes plus Lisette!
Eh ! non, non, non,
Ne portez plus ce nom.

LES AVENTURES D'UN CANARD

Sur les bords d'une mare,
Un canard soupirait :
Cherchant d'un air bizarre
Quelque chose qui lui manquait,
Il disait d'une organe
Qui peignait son chagrin :
Ou a chipé ma canne,
C'est le fait d'un galopin.

Can, can, can je flane
Sans ma canne,
Je ne suis pas content ;
Non, non, je ne suis pas content

Il crie comme un ane
Qui veut avoir du son :
Ah ! rendez-moi ma canne

Ou je perds la raison.
Voilà pourquoi je beugle,
Sans canne, le sait-on ?
Je suis comme un aveugle
Qui a perdu son bâton.
    Can, can, etc.

Alors, triste nouvelle !
Un passant qui passait
Lui dit : comment est-elle
Ta canne mon poulet ?
Elle était fort bien mise,
Lui répond le canard ;
Elle avait robe grise
Et puis le nez camard.
    Can. can, etc.

Je n'ai pas la berlue,
Lui répond le passant ;
C'est-elle que j'ai vue
A l'hôtel du croissant :
J'ai vu ta canne folle
Qui te faisait des traits,
Dans une casserolle,
Avec plusieurs navets
    Can, can, etc.

Le canard de s'étendre,
Le cœur gros comme un œuf,
Pleurant à pierre fendre,
Jure de rester seul.
Au milieu de sa mare
Il se remit en frais,
Chantant sur sa guitarre:
Guerre, guerre aux navets.
Can, can, etc.

BEAUTÉ.

Air : *Valse de Giselle.*

Rêve des arts, rêve de la jeunesse,
Ombre toujours fugitive à mes yeux,
Fille des Grecs qui te firent déesse,
Viens, je t'invoque en oubliant leurs
  Dieux.

Je rêve aussi d'une forme adorée,
Je veux t'aimer d'une éternelle ardeur ;
A mes regards tu ne t'es pas montrée,
Et tous tes traits sont gravés en mon
  cœur.

Tu n'es pourtantqu'un enfant du mystère;
Ton front se cache aux célestes séjours;
Ton pied léger ne touche pas la terre,
Et je te vois, et je t'aime toujours !

Selon mes sens j'ai créé ton image ;
De mes désirs s'enrichit ta beauté ;
En tes attraits j'adore mon ouvrage,
Et mon amour est ta réalité.

Non, mes amis, la beauté que je chante
N'a pas de nom dans vos joyeux ébats ;
De vos festins elle demeure absente,
Et vos chansons ne la réveillent pas /

Elle n'a pas la grâce enchanteresse,
Le doux parler, le sourire vainqueur ;
De la pudeur elle ignore l'adresse,
Et son esprit n'a pas faussé son cœur.

La soie et l'or ne sont point sa parure ;
Sur ses trésors nul voile n'est jeté ;
Rien n'enrichit l'œuvre de la nature,
Belle bien plus de sa seule beauté.

Pas un contour plus riche d'armonie
Un trait plus pur, un éclat plus vermeil!

De tous ses feux l'Orient l'a brunie,
Et dans ses yeux rayonne le soleil !

Vous le voyez, c'est la beauté païenne,
Eclose un jour sous des cieux plus clé-
    ments ;
La poésie en fit sa souveraine,
Et lui donna tous les arts pour amants !

Dans le Paros Phidias la modèle,
Parrhasius lui prête sa couleur ;
Et mon amour lui jette l'étincelle
Qui donne à tout la vie et la chaleur !

Pygmalion, je comprends ton mensonge !
A toute idole élevons des autels ;
Et, sur tes pas, je m'élance en un songe
Vers des chemins ignorés des mortels.

JENNY, L'OUVRIÈRE.

Voilà, là-haut, cette pauvre fenêtre,
Où du printemps se montrent quelques
    fleurs ;

Parmi ces fleurs, vous verrez apparaître
Un enfant blond, aux plus fraiches cou-
    leurs.
Voyez, là-haut, cette pauvre fenêtre,
Où du printemps se montrent quelques
    fleurs.

C'est le jard'n de Jenny l'ouvrière,
Au cœur content. content de peu....,
Elle pourrait être riche, et préfère
Ce qui lui vient de Dieu ! ce qui lui vient
    de Dieu !

Dans son jardin, sous la fleur parfumée,
Entendez-vous un oiseau familier !
Quand elle est triste, oh ! cette voix ai-
    mée,
Par un doux chant suffit pour l'égayer ..
Dans son jardin, sous la fleur parfumée,
Entendez-vous un oiseau familier !
    C'est le chanteur !...

Aux malheureux souvent elle abandonne
Ce qu'elle gagne, hélas un peu du pain !
Qu'un pauvre passe, et comme elle est si
    bonne ,
En le voyant elle n'aura plus faim !...

JEANNETTE.

Fi des coquettes maniérées !
Fi des bégueules du grand ton !
Je préfère à ces mijaurées
Ma Jeannette, ma Jeanneton.

Jeanne, gentille et bien faite,
Elle est fraiche et rondelette ;
Son œil noir et pétillant.
Prudes, vous dites sans cesse
Qu'elle a le sein trop saillant :
C'est pour ma main qui le presse
Un défaut bien attrayant.

Fi des coquettes maniérées !
Fi des bégueules du grand ton !
Je préfère à ces mijaurées
Ma Jeannette, ma Jeanneton

Tout son charme est dans la grace ;
Jamais rien ne l'embarrasse ;
Elle est bonne et toujours rit.

Elle dit mainte sottise ;
A parler jamais n'apprit :
Et cependant, quoi qu'on dise,
Ma Jeannette à de l'esprit.

Fi des coquettes maniérées !
Fi les bégueules du grand ton !
Je préfère à ces mijaurées
Ma Jeannette, ma Jeanneton.

A table dans une fête,
Cette espiègle me tient tête
Pour les propos libertins.
Elle a la voix juste et pure,
Sait les plus joyeux refrains.
Quand je l'en prie, elle jure,
Elle boit de tous les vins.

Fi des coquettes maniérées !
Fi des bégueules du grand ton !
Je préfère à ces mijaurées
Ma Jeannette, ma Jeanneton,

Belle d'amour et de joie,
Jamais d'une riche soie
Son corsage n'est paré.
Sous une toile proprette

Son triomphe est assuré ;
Et sans nuire à sa toilette,
Je la chiffonne à mon gré.

Fi des coquettes maniérées !
Fi des bégueules du grand ton !
Je préfère à ces mijaurées
Ma Jeannette, ma Jeanneton.

La nuit tout me favorise ;
Point de voile qui me nuise,
Point d'inutiles soupirs.
Des deux mains et de la bouche
Elle attise les désirs,
Et rompit vingt fois sa couche
Dans l'ardeur de nos plaisirs

Fi des coquettes maniérées !
Fi des bégueules du grand ton !
Je préfère à ces mijaurées
Ma Jeannette, ma Jeanneton.

LE SOIR.

Dès que le jour expire,
Le timide zéphire
Bien tendrement soupire
En caressant les flots ;
La vague se balance,
Murmure et se cadence
Aux chants des matelots.   bis,

Alors sur Venise,
Soufflant la double brise,
Le soir en robe grise
Etend son manteau noir ;
En l'honneur de sa belle ;
Le Gondolier fidèle
Dit son refrain du soir.

Hélas ! c'est aussi l'heure
Où le pauvre qui pleure,
Regagne sa demeure ,
Marchant à petits pas ,
L'heure ou sur la tourelle,
Veille la sentinelle,
En fredonnant tout bas.

C'est l'instant où riante ,
En disposant sa mante,
Jeune fille charmante
S'apprête pour le bal ;
C'est l'heure où la gondole
Des amants glisse et vole
Sur les flots du canal.

C'est l'heure où le poéte
Plein de flamme secrète,
Aux cieux lève la tête,
Comme font les martyrs,
L'heure où l'on lit le Tasse;
L'heure où le bourreau passe
Sur le pont des soupirs.

C'est l'heure où sur la grève
Un brouillard bleu s'élève :
C'est l'heure où l'enfant rêve,
De perles, de joujoux ;
C'est l'heure des vengeances,
L'heure des ris, de danses,
Et l'heure des filoux.

L'AZUR DE TES YEUX.

Ne me repousse pas, car je t'aime ô Ma-
    rie,
Cent fois plus que le jour, cent fois plus
    que la vie,
Je t'aime de l'amour dont on aime les
    cieux,
J'aime ton front si pur, j'aime la voix si
    douce,
Ta modeste parure et l'azur de tes yeux.

Si tu voulais m'aimer, laisse-moi, jeune
    fille ,
Adorer l'éclat pur de tes beaux yeux qui
    brillent ,
Et ces traits frais et doux qui se gravent
    au cœur ,
Laissent sur ton beau front, sur ton âme
    si bonne ,
De tes dix-huit printemps tresser une
    couronne ,
      D'amour et de bonheur.

Si tu pouvais m'aimer de cet amour de
    femme ,
Qui naît avec le jour et ne meurt qu'a-
    vec l'âme ,
Si tu pouvais m'aimer, oh ! je t'ado-
    rerais ,
Et plus tard, sur ton front, quand vien-
    dront les années,
Ces heures de bonheur , ces moments ,
    ces journées ,
    Oh ! je te les rendrais.

L'ORAGE.

Air : *C'est l'amour, l'amour.*

Chers enfans, dansez, dansez !
Votre âge
Echappe à l'orage .
Par l'espoir gaîment bercés ,
Dansez, chantez, dansez !

A l'ombre de vertes charmilles,
Fuyant l'école et les leçons,
Petits garçons, petites filles;
Vous voulez danser aux chansons,
En vain ce pauvre monde
Craint de nouveaux malheurs ;
En vain la foudre gronde,
Couronnez-vous de fleurs.

Chers enfans, dansez, dansez !
Votre âge
Echappe à l'orage
Par l'espoir gaîment bercés,
Dansez, chantez, dansez !

L'éclair sillonne le nuage,
Mais il n'a point frappé vos yeux.
Loiseau se tait dans les feuillages ;
Rien n'interrompt vos chants joyeux.
  J'en crois votre allégresse,
  Oui, bientôt d'un ciel pur
  Vos yeux brillant d'ivresse,
  Rélléchiront l'azur.

Chers enfans, dansez, dansez !
      Votre âge
  Echappe à l'orage :
Par l'espoir gaiment bercés,
  Dansez, chantez, dansez.

Vos pères ont eu bien des peines ,
Comme eux ne soyez point trahis.
D'une main ils brisaient leurs chaînes,
De l'autre vengeaient leurs pays,
  De leur char de victoire
  Tombés sans déshonneur,
  Ils vous lèguent la gloire :
  Ce fut tout leur bonheur.

Chers enfans, dansez, dansez !
      Votre âge
  Echappe à l'orage :

Par l'espoir gaîment bercés,
  Dansez, chantez, dansez !

Au bruit de lugubres fanfares,
Hélas ! vos yeux se sont ouverts ;
C'était le clairon des barbares
Qui vous annonçait nos revers.
  Dans le fracas des armes,
  Sous nos toits en débris,
  Vous mêliez à nos larmes
  Votre premier soucis.

Chers enfans, dansez, dansez !
    Votre âge
  Echappe à l'orage :
Par l'espoir gaîment bercés,
  Dansez, chantez, dansez !

Vous triompherez des tempêtes
Où notre courage expira :
C'est en éclatant sur nos têtes
Que la foudre nous éclaira.
  Si le Dieu qui vous aime
  Crut devoir nous punir,
  Pour vous sa main ressème
  Les champs de l'avenir.

Chers enfans, dansez, dansez !
Votre âge
Echappe à l'orage :
Par l'espoir gaiment bercés,
Dansez, chantez, dansez !

Enfans, l'orage, qui redouble,
Du sort présage le courroux.
Le sort ne vous cause aucun trouble,
Mais à mon âge on craint ses coups
S'il faut que je succombe
En chantant nos malheurs,
Déposez sur ma tombe
Vos couronnes de fleurs.

Chers enfans, dansez, dansez !
Votre âge
Echappe à l'orage
Par l'espoir gaiment bercés,
Dansez, chantez, dansez.

LES DEUX ANGES!

Liberté et Religion.

Liberté , ma toute chère ,
Prends le bâton de pélerin :
Hélas ! sur cette pauvre serre
Tu n'as plus ni couche ni pain ;
Avec ta voix douce et profonde :
Va comme un fils déshérité ,
Faire légende par le monde
Des malheurs de la Liberté.

Prie en marchant, ma voyageuse,
Tu sanctifieras tout chemin !
Défile dans ta main pieuse ;
Le chapelet du pélerin,
Si l'on repousse ta détresse,
Prie encor, ne suffit-il pas
Qu'en partant la Liberté laisse
Au seuil l'empreinte de ses pas.

Tu traverseras bien des fleuves,
Tu franchiras bien des déserts,

Tu courras ton chemin d'épreuves,
Comme la voile sur les mers !
Mais, ô divine vagabonde !
L'exil des anges n'a qu'un temps...
Le soleil sort du sein de l'onde
Et l'oiseau revient au printemps !

Pour moi sur la Pologne éteinte,
Je vais étendre mon manteau,
Et je garderai sa chair sainte
Du ver immonde du tombeau.
Adieu, ma sœur, le sang circule
Pour remonter toujours au cœur,
Tu reviendras sur la Vistule,
Dieu me l'a dit ! adieu ma sœur !

DANS LA MAIN DE DIEU.

BARCAROLLE.

Toi qui touches la plume,
Toi qui tiens le pinceau,
Toi qui frappes l'enclume,
Et qui sais le marteau ;
Pour vous la destinée,

Est là dans un burin,
Dans la rude journée,
Dans le bois ou l'airain...

Mais du pêcheur agile,
Qui vit sur le flot bleu,
La barque si fragile,
Est dans la main de Dieu !   bis.

Soldat au cœur de flamme,
Ton sort est dans ta main ;
Et dans ton oriflamme,
Qui te trace un chemin,
Dans l'air qui t'environne,
Dans ton magique essor,
Dans la main qui te donne
Une épaulette d'or.
   Mais du pêcheur, etc.

Pauvre Barde, tu chantes
Ta plus douce chanson ;
Tes ballades touchantes,
Ton destin, c'est un son.
Courtisan, ta richesse,
Galon d'or ou d'argent,
Est dans une caresse
De ton maître exigeant.
   Mais du pêcheur, etc.

LE VOLEUR DE FLEUR.

La belle et fière Clairette
En revenant du marché,
Pour gagner sa maisonnette
Traversait une forêt.
Sans craindre le brigandage
Elle allait d'un pas certain,
Une rose à son corsage
Composait tout son butin.
Un voleur , un voleur
Ne ravit pas une fleur.

Sous une forme trompeuse
Lucas coupa le chemin
A la gente voyageuse
Qui veut s'opposer soudain.
Halte ! la bourse ou la vie ;
Dit-il d'un ton de brigand ;
Mais la bergère saisie
Répond le cœur palpitant :
Ah ! voleur, Ah ! voleur !
Je n'ai que cette fleur.

Une fleur est chose,
Répond Lucas déguisé ,
Je m'en empare pour cause,
Dépêchons-nous, je suis pressé,
Mais prends plutôt, dit Clairette,
En dérangeant ses atours
Cette riche collerette
Que ce souvenir d'amour.
Ah ! voleur ! ah ! voleur !
Que ferais-tu d'une fleur ?

Croyez-moi, jeune fillette,
En traversant les forêts,
Souvent, je vous le répète,
Vous trouverez des indiscrets :
Mais tout-à-coup se détache
De leurs amoureux élans
La fillette le dimanche ,
Retourne à ses bois charmants.
Oh ! voleur ! oh ! voleur !
Je t'abandonne cette fleur.

JEUNE FILLE , AIME-MOI !

L'encens qui s'évapore
En nuage d'azur ,
Du luth la voix sonore ,
Des fleurs l'éclat si pur ,
Sont moins beaux que ton ame,
Moins suaves que toi ,
Et moins purs que ma flamme,
Jeune fille , aime-moi !

Quand je te vois légère ,
Passer le cœur ému ,
Je me dis sur la terre ,
Un ange est-il venu ?
Et malgré moi je tremble,
De plaisir et d'effroi.
Oh ! viens, aimons ensemble,
Jeune fille , aime-moi !

Aime moi , car je t'aime.
Plus que moi, plus que Dieu,
Etre aimé, bien suprème.
C'est mon unique vœux.
Quel doux transport m'enivre,
Quand je suis prêt de toi ,
Sans toi je ne puis vivre ,
Jeune fille, aime moi !

LES MESSAGERS DU CAPTIF.

ROMANCE.

Air de vive Paris.

C'en est donc fait ! loin du beau ciel de
     France
Les flots amers, hélas ! m'ont transporté ;
Dieu tout puissant appaisez ma souf-
     france ,
Rendez l'espoir au pauvre déporté,
La douce voix de ma fidèle amie,
N'a plus pour moi de sons harmonieux,
Vous qui volez vers ma belle patrie,
Petits oiseaux faites-lui mes adieux.

Nous n'irons plus dérober à sa tige
La marguerite, étoile du printemps,
Saisir au vol l'insecte qui voltige
Et folâtrer dans les prés, dans les champs.
Je n''rai plus admirer la campagne
Où j'ai passé jadis de si beaux jours.
Petits oiseaux volez vers ma compagne
Et dites lui que je l'aime toujours.

En m'éloignant pour le terre étrangère;
De loin ma mère, hélas ! m'appelle encor
Son cœur est plein d'une douleur amère,
En la perdant je perds mon seul trésor ;
A travers champs , foulant mes fleurs
        écloses ,
J'ai mille fois guidé ses pas tremblants.
Petits oiseaux de vos jolis becs roses,
Allez pour moi baiser ses cheveux blancs.

J'ai tout quitté, parents, amis, maîtresse.
Ils sont là-bas et moi je reste ici
En me laissant seul avec ma tristesse,
Doux messager vous me quittez aussi.
Lorsque l'hiver passera sur la ville
Où j'ai l'aissé mes amours, mes plaisirs,
Petits oiseaux revenez dans mon île
Pour m'apporter de tendres souvenirs.

L'ÉCU DE FRANCE.

Air : *Mon père était pot.*

J'aime Lyon et la beauté
De ses rives chéries.
J'aime Marseille et la bonté

De ses hotelleries.
Il en est d'ailleurs
Qui des voyageurs
Briguent la préférence.
Moi, j'aime par goût
Et par dessus tout,
J'aime l'écu de France.

J'ai vu de tant de façons,
J'ai vu l'écu d'Espagne,
L'écu de Rome et d'Albion
Et l'écu d'Allemagne.
J'ai logé partout,
J'ai tâté de tout
Et par reconnaissance,
J'ai dans tout pays,
Redit à grands cris:
Vive l'écu de France.

J'ai lu pourtant je ne sais où
Que cette hotellerie,
N'était à vrai dire qu'un trou
C'est une gaucherie;
Car ses environs
Sont si frais, si ronds,
Qu'on voit par préférence,
Le Dieu des amours,

Pour gite , toujours
Prendre l'écu de France.

Vous dirai-je l'état des lieux
De l'auberge que j'aime :
Sa façade charme les yeux,
Par sa blancheur extrême.
Petit logement
Derrière et devant
Avec la jouissance
D'un joli jardin
Qu'on a sous la main,
Voilà l'écu de France.

LA ROSE VOLÉE.

Air ; *Des yeux bleus.*

REFRAIN.

Finissez Lucas, ah ! n'y touchez pas,
Vous n'aurez pas cette jolie rose,
Finissez Lucas, ah ! n'y touchez pas,
Cette jolie rose orne mes appas.

Elle est si belle et si jolie ,
Oh ! permettez je vous en prie.
Prêtez-la moi, brune aux yeux bleus,
Car, d'elle je suis amoureux.
Finissez , etc.

5

Ah ! dites-moi . jeune Héloïse,
La rose qui pare ce sein ,
A d'autres l'avez-vous promise ,
Dites-moi , ne me cachez rien ?
Finissez , etc.

Vous me croyez donc inconstante,
Eh bién ! fuyez, fuyez de moi,
Car je ne suis pas imprudente,
Je n'ai qu'un cœur qui est un roi.
Finissez , etc.

Je m'en souviens, ma bonne mère,
Me fit cadeau d'un beau rosier ,
Depuis ce temps, cette rose m'est chère,
Et je crains qu'elle ne soit souillée.
Finissez , etc.

La nuit venait, l'air était sombre,
Quand Lucas saisissant sa fleur,
Il s'éloigna vîte dans l'ombre,
Et la belle criait au voleur.
Finissez , etc.

Ah ! méchant, voleur,
Tu prends mon honneur,
La fleur de mon cœur,

Que dira ma mère,
Ah ! méchant voleur .
Tu prends mon honneur,
Tu prends mon honneur,
Tu me désespères ,
En prenant ma fleur.

LES FEUILLES MORTES.

ROMANCE.

Mes jours sont condamnés, je vais quit-
    ter la terre,
Il faut vous dire adieu, sans espoir de
    retour ;
Vous qui pleurez, hélas ! bel ange tuté-
    laire,
Laissez tomber sur moi vos doux re-
    gards d'amour !
Du céleste séjour, entr'ouvrez-moi les
    portes,
Et du maître Éternel pour adoucir la loi.

Quand vous verrez tomber, tomber les
    feuilles mortes,

Si vous m'avez aimé, vous prierez Dieu
  pour moi !
Si vous m'avez aimé, (bis) vous prierez
  Dieu pour moi.

Oui, le premier printemps va fleurir sur
  ma tombe,
Oui, ce jour qui m'éclaire est mon der-
  nier soleil...
Et des arbres jaunis chaque feuille qui
  tombe
Me montre du trépas le lugubre appareil,
Oui, des oiseaux du ciel les légères co-
  hortes ,
Chanteront dans les airs , sans causer
  mon effroi !
  Quand vous verrez tomber , etc.

Sans vous, sans votre amour je quitte-
  rais la vie,
Sans y rien regretter, comme un séjour
  de deuil ;
Aux chagrins, aux revers ma jeunesse asservie ,
Voir la mort comme un phare et non
  comme un écueil ;

Mais j'ai, par vos doux soins, des dou-
leurs les plus fortes
Bravé les traits cruels, sans trouble et
sans effroi !
Quand vous verrez tomber, tomber les
feuilles mortes,
Si vous m'avez aimé, vous prierez Dieu
pour moi,
Si vous m'avez aimé (bis), vous prierez
Dieu pour moi.

LA MUSIQUE.

Air : *La farira dondaine, gai.*

Purgeons nos desserts
Des chansons à boire,
Vivent les grand airs
Du Conservatoire !
Bon !
La farira dondaine
Gai !
La farira dondé.

Tout est réchauffé
Aux diners d'Agathe :

Au lieu de café ,
Vite une sonate.
   Bon !
La farira dondaine,
   Gai !
La farira dondé.

L'Opéra toujours
Fait bruit et merveilles ;
On y voit les sourds
Boucher leurs oreilles.
   Bon !
La farira dondaine,
   Gai !
La farira dondé.

Acteurs très profonds,
Sujets de disputes,
Messieurs les bouffons,
Soufflez dans vos flûtes.
   Bon !
La farira dondaine,
   Gai !
La farira dondé.

Et nous gens de l'art,
Pour que je jouisse,

Quand c'est de Mozart
Que l'on m'avertisse.
        Bon !
La farira dondaine,
        Gai !
La farira dondé.

Nature n'est rien ;
Mais on recommande
Goût italien,
Et grace allemande.
        Bon !
La farira dondaine,
        Gai !
La farira dondé.

Si nous t'écoterrons,
Bel art dramatique,
Pour toi nous dirons
La messe en musique.
        Bon !
La farira dondaine,
        Gai !
La farira dondé.

LE VOISIN.

Air : *Eh ! qu'est-ce que ça m' fait*
à moi ?

Je veux, voisin et voisine,
Quitter le ton libertin,
J'ai pour oncle un sacristin,
Et pour sœur une béguine.
  Mais le diable est bien fin ;
Qu'en dites-vous ma voisine ?
  Mais le diable est bien fin ;
Qu'en dites-vous, mon voisin ?

Paul, docteur en médecine,
Craint pour le fil de nos jours,
Que le vin et les amours
N'usent trop tôt la bobine !
  Eh ! fi du médecin ;
Qu'en dites-vous, ma voisine ?
  Eh ! fi du médecin ;
Qu'en dites-vous, mon voisin !

L'embonpoint de Joséphine

Fait demander ce que c'est ;
Moi, je crois que son corset
Lui rend la taille moins fine.
    C'est l'effet du basin ;
Qu'en dites-vous, ma voisine ?
    C'est l'effet du basin ;
Qu'en dites-vous, mon voisin ?

Mademoiselle Justine
Met au monde un gros poupon :
L'un dit que c'est un dragon,
L'autre un soldat de marine.
    Je le crois fantassin ,
Qu'en dites-vous, ma voisine ?
    Je le crois fantassin ;
Qu'en dites-vous, mon voisin ?

Depuis peu chez ma cousine,
Jeûnait en carnaval,
Je vois certain cardinal,
Et trouve bonne cuisine.
    Serait-il mon cousin ?
Qu'en dites-vous, ma voisine ?
    Serait-il mon cousin ?
Qu'en dites-vous, mon voisin ?

Une actrice qu'on devine ,

Veut pour plaire à dix rivaux,
Inventer des coups nouveaux
Au doux jeux qui les ruine ;
 C'est un fort beau dessein ;
Qu'en dites-vous, ma voisine ?
 C'est un fort beau dessin ;
Qu'en dites-vous, mon voisin ?

Faut-il qu'une affreuse épine
Se mêle aux fleurs de Cypris !
Pour ce poison de Paris
Que n'est-il une vaccine !
 Cela serait divin,
Qu'en dites-vous, ma voisine ?
 Cela serait divin ;
Qu'en dites-vous, mon voisin ?

D'aucun mal, je l'imagine,
Notre quartier n'est frappé :
Là, point de maris trompé,
Point de femme libertine.
 C'est un quartier fort sain ;
Qu'en dites-vous, ma voisine ?
 C'est un quartier fort sain :
Qu'en dites-vous, mon voisin ?

MARIE.

Oh ! dis-moi, douce Marie,
N'es-tu pas la plus jolie
Des reines de la prairie
Qui passent en chantant, le soir.
      Ton sourire,
      Qu'on admire,
Ton tendre cœur qui soupire
      Dans la pleine,
      O ma reine,
Je voudrais toujours te voir.

J'ai parcouru l'Italie,
L'Allemagne et la Russie.
J'ai vu la fille du roi
Qui n'est pas si bien que toi.
      Oh ! dis-moi, etc.

Oui, j'ai visité la France,
J'ai vu la riche Provence,
Et du midi jusqu'au nord,
Je n'ai vu pareil trésor.
      Oh ! dis-moi, etc.

J'ai vu notre Normandie,
J'ai vu nos îles fleuries,
J'ai vu nos bosquets en fleurs,
Rien ne sourit à mon cœur.
Oh ! dis-moi, etc.

FILE, FILE, JEANNE.

Jeanne, soit sans crainte,
Pour ton âme sainte,
Si la cloche tinte,
Travaille avec zèle,
Ta tâche fidèle
Est toujours ma belle,
Agréable à Dieu.

Refrain.

File, file, file, Jeanne,
Dieu, notre père est indulgent,
Dieu indulgent ;
Ta quenouille fait tomber la manne
Entre les mains de l'indigent !
De l'indigent.
File, file, file, file, Jeanne,
Travailler, c'est prier.
Jeanne, c'est prier.

Depuis l'aube éclose,
Sous ton beau doigt rose,
La blancheur du lin.
A plus d'une épreuve,
Le pauvre s'abreuve,
File pour la veuve
Et pour l'orphelin.
    File, etc.

Fais tourner bien vite
Ton fuseau, petite,
Pour le saint ermite,
Le preux accablé ;
File avec constance,
Pour chaque souffrance,
Pour rendre la France
Au pauvre exilé.
    File, etc.

Air : *O dis-moi, douce Marie.*

REFRAIN.

Ta résille
Jeune fille
Te fait plus belle et gentille,
Que la reine de castille,

Souriant à son miroir.
Toi blondette
Joliette
Et de taille si parfaite
Dans la fête
Si coquette
Que j'ai plaisir à te voir.

Oui, de Tolède à Girone,
De Séville à Barcelonne,
De Burgos à Pinaflor,
Je n'ai vu pareil trésor.
Ta résille, etc.

Je ne suis qu'un gentilhomme,
Mais si du plus beau royaume,
Demain je devenais roi,
Eh bien ! il serait pour toi.
Ta résille, etc.

J'ai trois castels dans la plaine,
Deviens en la chatelaine,
Je suis plus riche qu'un roi,
Si ta résille est à moi.
Ta résille, etc.

LA QUÊTEUSE.

Avez-vous connu Fanchette,
La filleule du Seigneur,
Qui, les jours de grande fête,
Allait quêter pour le malheur ?
Ah ! qu'elle était joliette,
Frais minois et blonds cheveux !
Et chacun nommait Fanchette ;
La quête aux jolis yeux.

Ah ! ah ! ah ! quand sa douce voix disait :
　A Fanchette,
　Pour la quête,
　Donnez , donnez sans regret ;
　Nobles dames ,
　Bonnes âmes ,
Pour les pauvres , s'il vous plaît.

Un beau jour elle s'arrête
A la porte d'un castel ;
A frapper elle s'apprête,
En invoquant tout bas le ciel ;
Mais à sa voix suppliante ,
L'intendant répond soudain :
Vite, hors d'ici, mendiante,
Et passez votre chemin.

Ah! ah ! ah ! combien elle tremblait !
Ah ! ah ! ah ! et pourtant sa voix disait :
  A Fanchette ,
  Pour la quète ,
  Donnez, donnez sans regret !
  Nobles dames ,
  Bonnes âmes ,
Pour les pauvres, s'il vous plait.

Sous les pleurs brillaient ses charmes ;
Le Seigneur passe en ces lieux :
Quoi ! l'on fait couler tes larmes,
Ô ma quêteuse aux jolis yeux !
Mais , de ce riche domaine,
Le témoin de ta douleur ,
Je veux que tu sois la reine,
Toi la reine de mon cœur !
  Le lendemain à l'église,
  Les pauvres avaient de l'or ;
  Car la nouvelle marquise,
  A sa cour disait encore :
  A Fanchette,
  Pour la quête,
  Donnez, donnez sans regret ;
  Nobles dames ,
  Bonnes âmes ,
pour les pauvres s'il vous plait.

LES BORDS FLEURIS DE LA DIGUE.

Je vous revois, ce n'est point un prestige,
Lieux séduisants toujours chers à mon
    cœur,
Monts escarpés, bords fleuris de la digue,
A votre aspect je renais au bonheur.
    Tra la la la la la tra (*bis*).

D'un pied léger je franchis la bruyère,
En devançant le timide chamois;
Tout en cherchant une fleur printanière,
Je ferai dire aux échos de ces bois.
    Tra la, etc.

Venez avec moi, venez jeunes compagnes,

De l'amitié je connais la douceur,
Je sais assez le refrain des montagnes.
Accueillez-moi, je serai votre sœur.
    Tra la . etc.

AU DIABLE LES LEÇONS.

CHANSONNETTE COMIQUE.

REFRAIN.

Vive la joie et les pommes de terre;
Vive le bon temps, le plaisir et la gaité.
Dieu soit loué nous n'avons plus rien à
    faire ,
J'en avons fini avec monsieur le curé.
    Plus de lecture
    Plus d'écriture
    Plus d'additions
    Plus de soustractions
    Au diable toutes les leçons
Et lon lan la, en avant la guinguette,
Et lon lan la , le rigodon la chanson-
    nette ,
Bien malin qui m'y rattrapera,

Et lon lan la, le rigaudon, la chanson-
 nette,
Et lon lan la, larira, larira.

 En allant à mon école
 Avec mon papier sous le bras,
 Je rencontre le grand Nicole,
 Il me fesait ses embarras ;
Moi qui me disais : ma foi je flâne,
V'la ce que c'est que d'être instruit,
Comme toi quand je n'étais qu'un âne,
Ton soi, comme toi je l'ai maudit·
Et moi qui ne suis pas trop bête,
Sans avoir l'air trop vexé ,
Je me disais tu fais ta tête,
Toi plus tard je t'attraperai.
 Vive la joie , etc.

 Jusqu'ici par-dessous la table,
 Quand je dinais avec Madelon,
 Afin de lui paraître plus aimal
 Je lui filais sur son talon,
Comme mon cousin qu'on renomme
Par son hardiesse au pays,
Maintenant que te voilà fait homme,
Va de l'avant tout est permis.
Je vais lui jeter des noyaux de cerise·

Je vais lui faire des mots heureux,
Je va lui dire un tas de bêtises,
Je m'en va lui donner de mes cheveux.
    Vive la joie , etc.

Je me suis commandé pour dimanche
Une casquette en peau de lapin,
Un col de chemise en toile blanche,
Un gilet qui sera de satin;
J'achetterai ma mère n'est point contre,
Une bague à l'imitation,
En attendant que j'ai une montre
Je m'en vas toujours porter le cordon.
Je m'en vas mettre de la pommade
Et de l'eau de cologne à foison .
Je veux qu'on me suive à la promenade,
De tant que je m'en vais sentir bon.
    Vive la joie, etc.

_____

LES INFIDÉLITÉS DE LISETTE,

Air : *Ermite, bon Ermite.*

Lisette, dont l'empire
S'étend jusqu'à mon vin,
J'éprouve le martyre

D'en demander envain.
Pour souffrir qu'à mon âge
Les coups me soient comptés,
Ai-je compté, volage,
Tes infidélités ?

Lisette, ma Lisette,
Tu n'as trompé toujours :
Mais vive la grisette !
    Je veux, Lisette,
    Boire à nos amours.

Lindor, par son audace,
Met ta ruse en défaut ;
Il te parle à voix basse,
Il soupire tout haut.
Du tendre espoir qu'il fonde
Il m'instruisit d'abord.
De peur que je n'en gronde,
Verse au moins jusqu'au bord.

Lisette, ma Lisette,
Tu m'as trompé toujours ;
Mais vive la grisette !
    Je veux, Lisette,
    Boire à nos amours.

Avec l'heureux Clitandre
Lorsque je te surpris,
Vous comptiez d'un air tendre
Les baisers qu'il t'a pris.
Ton humeur peu sévère
En comptant les doubla;
Remplis encor mon verre
Pour tous ces baisers-là.

Lisette, ma Lisette,
Tu m'as trompé toujours :
Mais vive la grisette !
    Je veux, Lisette,
    Boire à nos amours.

Mondor, qui toujours, donne
Et rubans et bijoux,
Devant moi te chiffonne
Sans te mettre en courroux.
J'ai vu sa main hardie
S'égarer sur ton sein,
Verse jusqu'à la lie
Pour un si grand larcin.

Lisette, ma Lisette,
Tu m'as trompé toujours :
Mais vive la grisette !

Je veux, Lisette,
Boire à nos amours.

Certain soir je pénètre
Dans ta chambre, et sans bruit
Je vois par la fénêtre
Un voleur qui s'enfuit.
Je l'avais, dès la veille,
Fait fuir de ton boudoir..
Ah ! qu'une autre bouteille
M'empêche de tout voir !

Lisette, ma Lisette,
Tu m'as trompé toujours :
Mais vive la grisette !
Je veux Lisette,
Boire à nos amours.

Tous, comblés de tes graces;
Mes amis sont les tiens ,
Et ceux dont tu te lasses,
C'est moi qui les soutiens.
Qu'avec ceux-là, traîtresse,
Le vin me soit permis :
Sois toujours ma maîtresse,
Et gardons nos amis.

Lisette, ma Lisette,
Tu m'as trompé toujours :
Mais vive la grisette !
Je veux, Lisette,
Boire à nos amours.

PLUS DE POLITIQUE.

Air : *Ce jour-là sous son ombrage.*

Ma mie, ô vous que j'adore,
Mais qui vous plaignez toujours
Que mon pays ait encore
Trop de part à mes amours ;
Si la politique ennuie,
Même en frondant les abus.
    Rassurez-vous, ma mie ;
    Je n'en parlerai plus.

Près de vous, j'en ai mémoire,
Donnant prise à mes rivaux,
Des arts, enfans de la gloire,
Je racontais les travaux.
A notre France agrandie
Ils prodiguaient leurs tributs.

Rassurez-vous ma mie ;
Je n'en parlerai plus.

Moi, peureux dout on se raille
Après d'amoureux combats,
J'osais vous parler de bataille
Et chanter nos fiers soldats.
Par eux la terre asservie
Voyait tous ses rois vaincus.
  Rassurez-vous, ma mie ;
  Je n'en parlerai plus.

Sans me lasser de vos chaînes,
J'invoquais la liberté ;
Du nom de Rome et d'Athènes
J'effrayais votre gaîté.
Quoiqu'au fond je me défie
De nos modernes Titus,
  Rassurez-vous, ma mie ;
  Je n'en parlerai plus.

La France, que rien n'égale,
Et dont le monde est jaloux,
Etait la seule rivale
Qui fût à craindre pour vous.
Mais, las ! j'ai pour ma patrie
Fait trop de vœux superflus.

Rassurez-vous, ma mie,
Je n'en parlerai plus.

Oui, ma mie, il faut vous croire ;
Faisons-nous d'obscurs loisirs.
Sans plus songer à la gloire,
Dormons au sein des plaisirs.
Sous une ligue ennemie
Les Français sont abattus.
   Rassurez-vous, ma mie ;
   Je n'en parlerai plus.

LES VINGT SOUS DE PERRINETTE.

Perrinette a trouvé vingt sous,
J'en achetterai , dit-elle,
Un ruban pour être belle,
A la fête aux bois de Houx,
Pourquoi ce ruban superbe,
Enfant, dans vos noirs cheveux,
Un bluet cueilli dans l'herbe,
Sans rien coûté vous va mieux,

Refrain.

Ha ! ha ! ha ! Perrinette ,

La brunette aux yeux doux,
Que ferez-vous, ma Perrinette,
Que ferez-vous de vos vingt sous.

Eh bien avec cet argent,
Dit la jeune fille en peine,
J'adopterai Magdeleine,
L'orpheline au vieux sergent.
C'est noble à vous, ma chérie,
De songer à vous pouvoir,
Mais pour vingt sous je vous prie,
Quel mari peut-elle avoir ?
    Ha ! ha ! ha ! Perrinette, etc.

Dans son cœur si ravissant,
Dit l'enfant bon et sage,
Aux pauvres de mon village,
Tenez j'en ferai présent.
Perrinette c'est peu d'aumône,
Pour calmer tant de malheurs,
Mais puisque tout cœur qui donne,
Au ciel a de la valeur.

    Dieu vous voit ma Perrinette,
    La brunette aux yeux doux,
    Que ferez-vous, ma Perrinette,
    Que ferez-vous de vos vingt sous.

PRIÈRE D'UN EPICURIEN.

COUPLET ÉCRIT AUX CATACOMBES, LE JOUR OU S'Y RENDIRENT LES MEMBRES DU CAVEAU.

Air : *Ce magistrat irréprochable.*

Du champ que ton pouvoir féconde,
Vois la Mort trancher les épis ;
Amour, réparateur du monde,
Réveille les cœurs assoupis,
A l'horreur qui nous environne
Oppose le besoin d'aimer ;
Et si la Mort toujours moissonne,
Ne te lasse pas de semer.

FIN.

TABLE.

Fin de la Table.

www.ingramcontent.com/pod-product-compliance
Lightning Source LLC
Chambersburg PA
CBHW060434260626
47161CB00005B/1916